WITHDRAWN

Grandma and Me at the Flea

Los Meros Meros Remateros

Story/Cuento **Juan Felipe Herrera**

Illustrations/Ilustraciones **Anita De Lucio-Brock**

CHILDREN'S BOOK PRESS / EDITORIAL LIBROS PARA NIÑOS
SAN FRANCISCO, CALIFORNIA

Introducción

Me encantan los remates—las pulgas—puestos improvisados y rudos bajo los anchos cielos.

Cuando yo era niño en el Valle de San Joaquín, en California, los remates eran mis lugares favoritos para jugar. Nuestra rutina siempre era la misma. Mi mamá Lucha y mi papi Felipe se detenían y me compraban una bolsa de ixtle llena de naranjas jugosas. Luego Mamá escogía un manojo de chilitos explosivos— sólo unos poquitos. Papi escogía un cartón de fresas y otro de huevos frescos color café. Y por último visitábamos mi puesto favorito—una camioneta llena de sandías salpicadas de verde como si hubieran sido pintadas por las olas del mar.

En el remate yo era parte de una gran familia. Cuando veía correr a los niños alrededor de los puestos, me iba con ellos y mi corazón se sentía feliz y libre.

Este cuento me remonta a aquellos tiempos.

—Juan Felipe Herrera

Introduction

I love *remates*—flea markets—earthy makeshift stores under big skies.

When I was a child in California's San Joaquin Valley, *remates* were my favorite playgrounds. Our routine was always the same. My *mamá* Lucha and my *papi* Felipe would stop and buy me a net-bag of juicy oranges. Then *Mamá* always chose a handful of tiny explosive chiles—just a handful. *Papi* would pick a flat of strawberries, another of fresh brown eggs. And we would stop at my favorite booth last—a pick-up truck stacked high with watermelons, splashy-green as if painted by ocean waves.

At the *remate* I was in one big family. When I saw children running around the booths, I joined them, and my heart felt happy and free.

This story takes me back to those times.

—Juan Felipe Herrera

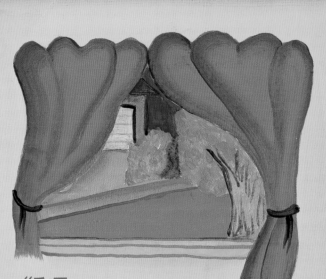

—¡Despiértate, Juanito!
¡Son las cinco de la mañana; es domingo!

Desde la cocina
mi abuelita Esperanza me llama.

Huelo el chocolate, sabroso y calientito,
y lo que más que me gusta, nopalitos
con huevos revueltos.

Después del desayuno
ayudo a mi abuelita a prepararse
para el remate.

¡Floribey y Danny, mis rete amigos,
me están esperando!

Enrollo camisas y pantalones rancheros
hasta que parecen burritos de comer.

Mi abuelita carga la ropa
a su camioneta, que tiene un letrero al lado:

Los Meros Meros Remateros
Fresno, California

—¡Vámonos! —grito yo.
—¡Vámonos!

"Wake up, Juanito!
Five o'clock, Sunday!"

From the kitchen
Grandma Esperanza calls.

I smell toasty hot chocolate
and my favorite—scrambled eggs
with *nopalitos,* juicy cactus.

After breakfast,
I help Grandma get ready
for the flea market.

Floribey and Danny, my best friends,
will be waiting for me!

I wrap Western pants
and shirts into tight *burritos.*

Grandma loads the clothes
into her van with a sign on the side:

Los Meros Meros Remateros
Fresno, California

"*Vámonos!*" I say.
"Let's go!"

"Can old clothes be new clothes too?"
I ask Grandma as I climb into the van.

"Yes. People need clothes, Juanito.
Our clothes are a little worn, but shiny clean.

"Your father gave us his shirts from Oaxaca to sell.
Your mama left us her best *rebozos*, her shawls.
'These will help with Juanito's expenses,' they said
before they drove north to work the apple season."

Grandma starts the engine.
"A real *rematero* makes time for songs!"
she says in her husky voice, and winks at me.

We sing as we drive off into the frosty morning light.

—La ropa vieja, ¿también podrá ser nueva?—
le pregunto a mi abuelita
mientras me subo a la camioneta.

—Sí. A la gente le hace falta esta ropa, Juanito.
La ropa nuestra está un poquito cansada,
pero está limpiecita.

—Tu papá nos dio sus camisas de Oaxaca para vender.
Tu mamá nos dejó sus mejores rebozos.
Antes de manejar al norte a la pizca de manzanas
me dijeron que esto ayudaría con tus gastos.

Mi abuelita prende el motor.
—Un rematero verdadero
siempre tiene tiempo para cantar!—
me dice en su voz ronca y dulce, y me guiña un ojo.

Salimos cantando con la luz helada de la mañana.

6

We pay five dollars to park and sell at the Flea.

I help Grandma Esperanza unload clothes
and set up her booth.

I run to the *churro*-man. Buy a donut stick.
My friends Danny and Floribey wait.

Danny makes funny faces
and his pants always fall down,
just like Cantinflas, the goofy comedian from Mexico.
Floribey loves to read *fotonovelas*,
little photo comic books.

They laugh at my buzzed-off hair.
"Pelón!" they call me—baldy.

"Follow me!" I yell out around the Flea booths.
I wave my *churro* like a baton.

Pagamos cinco dólares para poder estacionar y vender en el remate.

Le ayudo a mi abuelita Esperanza a sacar la ropa
y a arreglar el puesto.

Corro hacia el señor de los churros. Compro uno.
Me esperan mis amiguitos Danny y Floribey.

Danny hace muecas y los pantalones siempre se le resbalan,
igual que a Cantinflas,
ese cómico mexicano tan chistoso.
A Floribey le encantan las fotonovelas,
que son revistas de fotografías y monitos.

Se ríen a carcajadas al verme el pelo, pelado como cepillo.
Me gritan: —¡Pelón!

—¡Síganme! —voy gritando por las carpas del remate.
Alzo el churro como si fuera una batuta.

En el puesto de zarapes
un joven tiende una carpa
con cobijas mexicanas de lana.

¡Pavos reales y águilas!
¡Leones en selvas frondosas!

—¡Tengo de todos tamaños,
hasta zarapes chiquitos para los bebés!
Los compro en Long Beach —me dice.

—Ten, toma este zarape de pavo real
para tu abuelita—. Se sonríe,
con su camisa de vaquero
decorada de caballitos.

—Cuando mi hermana se lastimó la espalda
pizcando melones,
tu abuelita le dio una sobada —dice.
—Es una mera mera sobadora.

—¡A los pavos reales les crece
un arco iris en las plumas!—
exclama Floribey.

—¡Arco iiiiiris!

Brincamos y flotamos
por la blanda ciudad
de carpas y paredes lanudas.

At the *zarape* booth,
a young man makes a tent
with Mexican wool blankets.

Peacocks and eagles!
Lions in leafy jungles!

"I have all sizes,
even tiny *zarapes* for babies!
I buy them in Long Beach,"
he says.

"Here, take this peacock blanket
for your grandma." He smiles
in his cowboy shirt with horses.

"When my sister hurt her back
picking melons,
your grandma gave her a rub down," he says.
"She's a real massage expert,
a *sobadora*."

"Peacocks grow rainbows in their feathers!"
Floribey blurts out.

"Rainboooooows!"

We jump and float through the soft city
of tents and woolly walls.

11

Reboto y aterrizo
cerca del puesto de mi abuelita.

—Juanito, por favor, llévale esta carta
al señor Raya en el puesto de ferretería.
Es muy importante —dice.

La meto debajo de mi cinto
y corro con Danny y Floribey.

—¡Chiles!
¡Chiles!
¡Mangos y papayas! —una mujer
grita de la tiendita de verduras.

—¿Has visto un pepino como ése?—
le pregunto a Danny.

—¡Ése no es un pepino!—
Floribey frunce la boca.

—¡Cuidado, ése es un chile rayado,
el jalapeño más picoso!—
le dice la verdulera al hombre a nuestro lado.

Él muerde el chile
como si fuera una zanahoria.
La cara se le pone roja, bien roja.

I bounce and land by Grandma's booth.

"Juanito, please take this letter
to Señor Raya at the hardware booth.
Very important," she says.

I fold it under my belt and
run with Danny and Floribey.

"Chiles!
Chiles!
Mangos and papayas!" a woman
calls from the vegetable tent.

"Ever seen a cucumber like this?"
I ask Danny.

"That's not a cucumber!"
Floribey wrinkles her mouth.

"Careful, that's *chile rayado*,
the hottest jalapeño!"
the vegetable-woman says
to a man next to us.

He takes a bite of it like a carrot.
His face gets red-red.

Arrancamos hasta el puesto de ferretería.

—¡Destornilladores! ¡Martillos! ¡Manijas de hacha!—
   grita el señor Raya.

Le doy la carta y él me da las gracias.

—Se me sumió el techo con las lluvias la semana pasada.
   Con esta carta en inglés, el gerente me dará
   un mes de alquiler gratis mientras se arreglan las cosas.

Levanto dos casquillos de cromo y miro a través de ellos
   al señor Raya. —¡Telescopios! —digo yo.

—¡Son anillos!—
   dice Floribey y se pone un casquillo en cada dedo.

—¡No, son huesos que se han muerto
   y se han hecho plata! —dice Danny con una voz horripilante,
   y hace figuritas de gente con los casquillos en la tierra.

We race to the hardware booth.

"Screwdrivers! Hammers! Axe handles!"
Señor Raya calls out.

I give him the letter. "Oh, *gracias*," he says.

"My roof caved in with the rains last week.
With this letter in English, the manager will give me
a month's free rent while they fix things."

I pick up two chrome sockets and look at Señor Raya
through them. "Telescopes!" I say.

"They are rings!" Floribey says
and drops one over each finger.

"No, they are dead bones turned into silver!"
Danny says in a scary voice
and makes little socket people on the ground.

15

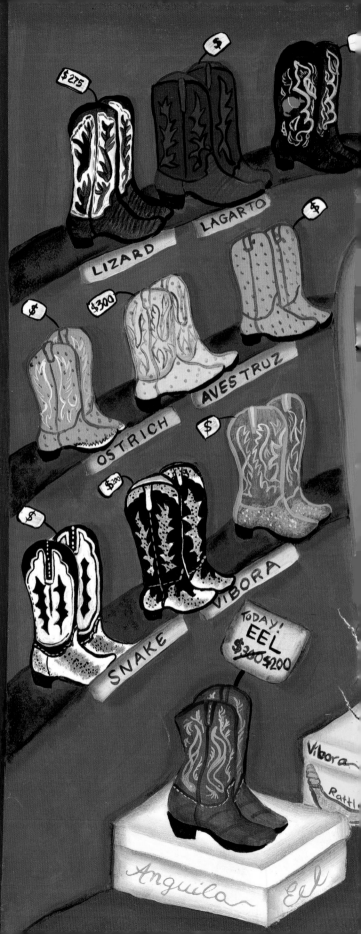

The cowboy-boot woman
sits in the back of her van
with her arms crossed. No one comes by.

"Only $175 a pair!"
she calls with a serious face.

"Lizardskin!
Rattlesnake!
Alligator!
Ostrich!
And today, eeeeeel!

"Do you wear boots, baldy?"
she asks me.

"Eeeeeeel! Eeeeeeeeeeew!"
I scream and run to Grandma's booth.

La vendedora de botas de vaquero
se sienta en la puerta de su camioneta
con los brazos cruzados. Nadie la visita.

—¡Sólo 175 dólares el par!—
dice con una cara de palo.

—¡Piel de lagarto!
¡Víbora de cascabel!
¡Cocodrilo!
¡Avestruz!
¡Y hoy, anguiiiiiila!

—¿Te gusta llevar botas, pelón?—
me pregunta.

—¡Anguiiiiiila! ¡Uuuuuuy!
Grito y salgo corriendo al puesto de mi abuelita.

Mi abuelita me da unas hierbas de remedios.

—Llévale éstas a la señora Vela
   en la carpa de chiles.
   Ella fue la primera rematera acá afuera
   cuando abrimos el remate cerca del *frigüey*.

   Corro.
   Leo los rótulos de los chiles:
   Chile pasilla para el mole.
   Colorado para enchiladas.
   Piquín para todo.

—El remate no ha cambiado mucho
   desde que empezó—
   me dice la señora Vela.
—Todos nosotros volábamos
   de carpa en carpa,
   ayudándonos los unos a los otros.
   ¡De eso hace tanto tiempo!
   Y fíjate, tú estás haciendo lo mismo.
   Eres un mero mero rematero,
   ¡igual que tu abuela!

   Le doy los remedios.

—Estas hierbitas me van a aliviar la jaqueca.
   La señora Vela llena tres sacos de pasillas.
—Para tu abuelita —me dice.

Grandma gives me healing herbs.

"Take these to Señora Vela at the chile tent.
   She was the first *rematera* out here
   when we started the Flea by the freeway."

I run.
Read the signs of different chiles:
Pasilla chiles for spicy turkey *mole*.
Colorado for enchiladas.
Piquín for everything else.

"The flea market hasn't changed much
   since it started," Señora Vela tells me.
"All of us flew from booth to booth,
   helping each other.
   That was so long ago!
   And look at you, doing the same thing now—
   a real *rematero*, just like your grandma."

I give her the herbs.

"These tender herbs will help
   my pounding headache."
   Señora Vela fills three sacks with *pasillas*.
"For your grandma," she says.

—Juanito, llévale esto al peletero
que vende los cintos.
Mi abuelita me da una receta
para hacer tamales de dulce.

Brinco y salto con Floribey.

Miramos las hebillas,
cada una de cuero y tejida a mano con:

¡Gallos de pelea!
¡Espuelas!
¡Herraduras!
¡Caballos bravos y
águilas!

El peletero toma la receta.
—¡Qué sorpresa para la quinceañera de mi hija!

—¡Apenas cumple quince años! La celebración
saldrá sabrosísima con estos tamales de dulce.
Toda la familia los preparará.

Él me regala un cinto con una hebilla
en forma de herradura.
Voy galopeando a donde está mi abuelita.

"Juanito, take this to the belt-man."
Grandma hands me a recipe
for sweet *tamales*.

I skip with Floribey.

We stare at the belt buckles.
Each one is hand-woven in leather with:

Fighting roosters!
Spurs!
Horseshoes!
Wild horses and eagles!

The belt-man takes the recipe.
"What a surprise
for my daughter's *quinceañera* party!

"She just turned fifteen! Her growing-up party
will be a hit with sweet *tamales*.
The whole family will make them."

He gives me a horseshoe belt.
I gallop back to Grandma.

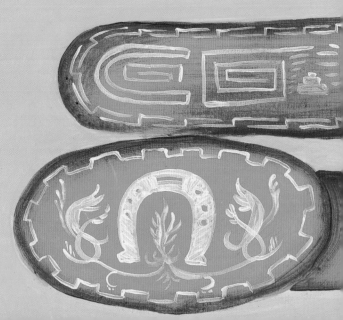

El puesto de juguetes brilla
cerca de la carpa de computadoras.

Dos muchachitos aseguran
un letrero de cartón:

6 por $1

Se sientan y miran las telenovelas.

—¿Por qué no estarán jugando
con todos esos juguetes?—
le pregunto a Danny.

—Los juguetes están rotos y son viejos—
susurra Floribey.

—Lo viejo puede ser nuevo —digo yo.

Encuentro una pelota de softbol
limpiecita.
Huele a flores.

The toy booth glitters
next to the computer tent.

Two little boys tape up
a cardboard sign:

6 for $1

They sit and watch *telenovelas*,
Mexican soaps in Spanish.

"Why aren't they playing
with all those toys?"
I ask Danny.

"Those toys are broken and old,"
whispers Floribey.

"Old can be new," I say.

I find a clean softball.
It smells like flowers.

23

–¡**V**en, Juanito!–
   el joyero me llama.

—Esta pulsera de cobre es para tu abuelita
   para calmarle la reuma.
   Quizás la necesite este invierno
   para que no le duelan tanto los huesitos.

—Y toma este reloj también.
   Tiene los números grandes
   para que no fuerce los ojos.

—Cuando primero llegué al Valle —dice
—estaba perdido.
   Tu abuelita me mostró la estación de correos

   en Michoacán.

   Pronuncio la palabra *Michoacán* quedito.
   Siento las filosas montañas de la *eMe*.

"**C**ome, Juanito!"
   the jewelry-man calls me.

"This copper bracelet is for your grandma,
   to help her with *la reuma*—her rheumatism.
   She may need it this winter
   so her bones won't hurt so much.

"And take this watch, too.
   It has big numbers
   so she can tell time without squinting.

"When I first came to the Valley," he says,
"I was lost.
   Your grandma showed me the post office
   and how to send money orders home
   to Michoacán."

I say *Michoacán* softly.
Feel the sharp mountains of the *M*.

La carpa de música
tam-tamborea en mi corazón.

—¡Me encantan los mariachis!—
me dice una niña
que compra una revista.

Veo un letrero viejo,
solito y oxidado en el viento:

Jardines Esperanza

¡Estamos en el estacionamiento de carros
de un *drive-in* abandonado!

¡Esperanza es el nombre de mi abuelita!
Esperanza quiere decir
que un día mejor llegará.

Pienso en la señora Vela, en el señor Raya,
en el peletero y el joyero
y en como fue que mi abuelita Esperanza
les dio aliento

para sobrevivir
para mejorarse
para sonreír.

El corazón se me llena de esperanza
como un acordeón.
Corro a donde está mi abuelita.

The sign illustration reads:

Esperanza
Gardens

SIT IN YOUR
CAR & WATCH
MOVIES

DRIVE
IN
THEATER
25¢ or

The music tent
boom booms through my heart.

"I love *mariachis!*" a girl says,
buying a magazine.

I read an old sign,
alone and rusty in the wind:

   Esperanza Gardens

We are all in the parking lot
of an abandoned drive-in!

Esperanza is Grandma's name!
Esperanza means hope.

I think of Señora Vela, Señor Raya,
the belt-man, and the jewelry-man,
and how Grandma Esperanza gave them hope

to survive
to heal
to smile.

My heart fills up with *esperanza*
like an accordion.

I run back to Grandma.

Una señora con trenzas color ceniza
cambia un florero suyo
por uno de los rebozos de mi abuelita.
—Tus ojos brillan de hermosura,
   igual que este rebozo —dice mi abuelita.

—Toma estos carretes de hilo
   y este librito de poemas de mi nieto,
   que él me regaló cuando salí
   del hospital el año pasado.
   Siempre me dan esperanza.

La mujer con el rebozo
abraza a mi abuelita Esperanza
por mucho tiempo.

—Un rematero verdadero es amable
   y bondadoso, Juanito —dice mi abuelita
   con los ojos empapados de lágrimas.

—¿Mis poemas te dan esperanza?—
   le pregunto.

Mi abuelita se sonríe.
Yo la abrazo por mucho tiempo.

A woman with gray-black braids
   trades her flowerpot
   for one of Grandma's shawls.
"Your eyes glow with beauty,
   like this shawl," Grandma says.

"Take these spools of thread,
   and this little book
   of my grandson's poems.
   He gave them to me when I returned
   from the hospital last year.
   They always give me hope."

The woman in the shawl
hugs Grandma for a long time.

"A true *rematero* is kind and generous, Juanito,"
   Grandma says
   with teary eyes.

"My poems give you hope?"
   I ask.

Grandma smiles.
I hug her for a long time too.

29

Los Meros Meros Remateros

—Todo esto es para ti—
 le digo a mi abuelita.
—¡Un zarape de pavo real
 que quiere volar!

—¡Chiles pasillas
 como rosas de fuego!
 ¡Una pulsera para la reuma!
 Y un reloj con números gordos
 para que no se te arrugue la cara.

—¿Arrugas? —pregunta mi abuelita.

Danny se sienta a comer
las enchiladas de mi abuelita.
Floribey se duerme en su falda.
Mi abuelita y yo
damos palmadas y cantamos.

La luz del atardecer centellea
en nuestra carpa como si fuera de oro.

Chiles

"This is for you,"
I tell Grandma.
"A peacock blanket
that wants to fly!

"*Pasilla* chiles
like dark fiery roses!
A bracelet for *la reuma*!
And a watch with fat numbers
so you won't
have to wrinkle your face."

"Wrinkles?" Grandma says.

Danny sits down to eat
Grandma's enchiladas.
Floribey falls asleep
on Grandma's lap.
Grandma and I clap and sing.

The afternoon light sparkles
through our tent like gold.

Camisas Usadas

Ropa Ropa

31

Juan Felipe Herrera is one of the most acclaimed Mexican American poets writing today. His first children's book, *Calling the Doves*, won the prestigous Ezra Jack Keats Award. He is a poet, actor, musician, and popular teacher at California State University at Fresno.

For my nieces and nephews, Andrew Melendez, Sofia Gonzalez, and Jacob and Brian Braun. Also, for Daniel and Arissa Navarro, and their grandma, Amelia Navarro, in memoriam — la mera mera rematera.

— Juan Felipe Herrera

Anita De Lucio-Brock was born in Hidalgo, Mexico, and grew up in California. A self-taught painter, Anita is heavily influenced by Mexican folk art techniques. Many years ago, her mother and grandmother created beautiful paper flowers to sell at the San Fernando flea market.

Dedicated to the memory of my grandma (otra mera mera rematera), my mom, my love Jeff, and my family in Pachuca, Los Angeles, and Texas.

— Anita De Lucio-Brock

Juan Felipe bags some shiny red tomatoes and emerald green chiles at a vegetable stand at the Cherry Auction flea market, just outside of Fresno, California.

A note from the editors:

Los Meros Meros Remateros doesn't exactly translate into English as *Grandma & Me at the Flea*. That's because there isn't a phrase in English that captures the sound and meaning of the Spanish title. *Meros meros* means "best of the best," or "the real deal" — but there's a teasing, affectionate feel to it that's impossible to translate. A *rematero* is a flea market vendor. The English title we chose is *Grandma & Me at the Flea*—not an exact translation, but one that has its own rhythm, and is just as relevant to the story.

Library of Congress Cataloging-in-Publication Data
Herrera, Juan Felipe.
Grandma and me at the flea = Los meros meros remateros / story by Juan Felipe Herrera; illustrations by Anita de Lucio-Brock; [editor, Harriet Rohmer].
       p. cm.
Summary: Juanito accompanies his grandmother to a flea market in southern California, where he helps her and the other vendors and where they enjoy seeing old friends from their Mexican-American community.
   ISBN 0-89239-171-5
          1. Mexican Americans—Juvenile fiction. [1. Mexican Americans—Fiction. 2. Flea markets—Fiction. 3. Community life—California—Fiction. 4. Grandmothers—Fiction. 5. California—Fiction. 6. Spanish language materials—Bilingual.] I. Title: Grandma and me at the flea. II. Title: Los meros meros remateros. III. De Lucio-Brock, Anita ill. IV. Rohmer, Harriet. V. Title.
PZ7.H432135 Gr 2002
[E]--dc21   2001042460

Story copyright ©2002 by Juan Felipe Herrera
Illustrations copyright ©2002 by Anita De Lucio-Brock

Senior Editor: Harriet Rohmer
Design & Production: Katherine Tillotson
Assistant Editor/Design Assistant: Dana Goldberg

Distributed to the book trade by Publishers Group West. Quantity discounts are available through the publisher for educational and nonprofit use.

Children's Book Press is a nonprofit publisher of multicultural and bilingual picture books. For a complimentary catalog, write to us at: Children's Book Press, 2211 Mission Street, San Francisco, CA 94110. You can also visit us online at www.childrensbookpress.org.

Printed in Hong Kong through Marwin Productions
10 9 8 7 6 5 4 3 2 1